Société royale d

GW01406662

Notice des travaux de la Société royale de Médecine de Bordeaux

outlook

Société royale de Médecine

Notice des travaux de la Société royale de Médecine de Bordeaux

Réimpression inchangée de l'édition originale de 1838.

1ère édition 2024 | ISBN: 978-3-38509-531-1

Verlag (Éditeur): Outlook Verlag GmbH, Zeilweg 44, 60439 Frankfurt, Deutschland
Vertretungsberechtigt (Représentant autorisé): E. Roepke, Zeilweg 44, 60439 Frankfurt, Deutschland
Druck (Imprimerie): Libri Plureos GmbH, Friedensallee 273, 22763 Hamburg, Deutschland

NOTICE

DES TRAVAUX

DE LA SOCIÉTÉ ROYALE DE MÉDECINE

DE BORDEAUX.

NOTICE DES TRAVAUX

DE LA

Société royale de Médecine

de Bordeaux.

Bordeaux :

Chez H. GAZAY, imprimeur de la Société,

14, RUE GOUVION.

1838.

PROCÈS-VERBAL

De la séance publique de la Société royale de médecine de Bordeaux, tenue le 10 novembre 1838.

La séance est ouverte à sept heures du soir.

M. Costes, président, prononce un discours dans lequel il s'élève contre certaines aberrations introduites depuis quelque temps dans les études médicales, et contre l'application trop absolue que l'on veut faire à la médecine pratique de quelques sciences accessoires.

M. Burguet, secrétaire-général, lit la Notice des travaux de la compagnie, depuis sa dernière séance publique.

M. Révolat père lit un discours sur l'allaitement maternel.

Après la lecture du programme, faite par M. Dégranges, M. le Président proclame les noms des médecins qui ont obtenu des récompenses. Ce sont MM. les docteurs Lagarde, Moyne, Putégnat, Mazade et Bermond, dont les noms ont été mentionnés honorablement; et M. Bardon, officier de santé, qui a reçu une médaille d'argent pour le zèle qu'il a mis à propager la vaccine à Quinsac, et dans les communes environnantes.

La séance est levée à 9 heures.

COSTES, *président.*

BURGUET, *secrétaire-général.*

DISCOURS D'OUVERTURE,

Par M. COSTES, d. m. m., président.

DE QUELQUES ABERRATIONS EN MÉDECINE.

MESSIEURS,

Une impulsion plus grande fut-elle jamais donnée à l'étude des sciences? Jamais a-t-on entendu un concert plus unanime proclamer leurs progrès? Et n'est-ce pas dans les branches des sciences médicales surtout que l'on voit se multiplier davantage les productions de la presse? S'il fallait donc s'en rapporter à la multiplicité des travaux que chaque instant voit éclore, aucune époque, il faut en convenir, ne se pourrait dire à meilleur droit plus riche que celle où nous vivons. Sans doute il en est ainsi, sous beaucoup de rapports. Peut-on recevoir toutefois sans examen une assertion si flatteuse? Faut-il se porter l'admirateur de tout ce que font nos contemporains? Et si nous osons jeter un regard critique sur leurs travaux, ne courons-nous pas le risque d'être injustement accusés, de nous entendre peut-être appeler esprits moroses ou rétrogrades?

Aujourd'hui où à peine initiés aux mystères de la science, les adeptes pleins d'une juvenile ardeur sont embrâsés de la noble, mais quelquefois trop présomptueuse ambition de faire faire à l'envi un pas à la science, sans se mettre en peine néanmoins s'ils ne la font pas marcher autrement qu'en avant ; aujourd'hui que l'abus des méthodes analytiques laisse croire à chacun qu'il lui suffit de voir un atome, une molécule sous un point de vue qui diffère de celui où d'autres l'ont envisagé, pour avoir fait une découverte ; aujourd'hui que l'érudition est à si bon marché, que de tous côtés on vous l'offre toute faite ; aujourd'hui enfin que la science coule comme à pleins bords, il peut y avoir quelque avantage à mettre à découvert les fausses voies où l'on pourrait s'engager ; à montrer qu'il ne faut pas accepter comme meilleures, et surtout comme nouvelles, toutes les idées, par cela seul qu'elles jaillissent à l'instant ; il peut y avoir quelque courage à faire voir que cette richesse, dont on nous éblouit, pourrait bien n'être qu'apparente et illusoire. Mais il me faudrait, vous le concevez, Messieurs, pour développer et prouver ces diverses propositions, un temps et des limites plus étendus. Je dois donc me borner à un rapide aperçu de quelques aberrations récentes en médecine ; et, s'il est vrai que leurs auteurs s'égarent, puissé-je en convaincre ceux qui seraient tentés de marcher sur leurs traces.

C'est surtout, Messieurs, à des sociétés comme la vôtre, toujours assidues à féconder le champ de la science, mais non moins jalouses d'y marcher d'un

pas ferme et sûr, c'est à vous qu'il appartient d'en signaler les écueils. Fidèles à votre titre de Société de
médecine pratique, c'est au creuset de l'expérience et
de l'observation que vous essayez sans relâche ce que
les expérimentateurs, les investigateurs de la science
vous présentent comme des améliorations. Vous savez
que, porté sans cesse dans des oscillations diverses,
l'esprit humain marchant avec confiance vers la per-
fectibilité indéfinie, peut bien, dans son ardeur de
découvertes, se glisser dans toutes les voies à la recherche de l'inconnu, mais que trop souvent il semble
oublier qu'il n'est qu'une route pour conduire à la vérité, l'erreur s'offrant à nous de tous côtés.

Déjà, il y a plus d'un siècle et demi, Baglivi, avec
une judicieuse autorité, avait dit dans ses recherches
sur les obstacles qui s'opposaient à la perfection de la
médecine « *assez et trop longtemps elle a souffert* les
ingénieuses hypothèses des physiciens et des chimistes (*). » Et voilà que de nos jours, bien que ce ne
soit plus dans l'espérance de lui fournir des théories
complètes, la chimie fait de nouveau invasion dans la
médecine ; mais qui ne sait combien il y a de proxi-
mité et combien la pente est douce entre une première
explication chimique d'un fait vital et l'envahissement
progressif et bientôt général de la science.

C'est à la philosophie du positivisme que nous devons cette nouvelle déviation de la saine médecine

_____

(*) Satis superque ingeniosis physices hypothesibus huc usque
indulsimus. Tom. 1er, p. 4.

hippocratique. Impatiens de pénétrer dans la nature intime des choses, nous ne voulons néanmoins admettre comme réel que ce qui tombe sous nos sens, plutôt que de nous en rapporter à la sévérité du raisonnement, à cette sage induction qui certainement a des bornes étroites pour ne pas conduire à l'erreur; plutôt que de nous élever des faits qui nous frappent d'abord, à leurs rapports entre eux, ou aux lois qui président à leur exécution; dans une philosophie terre à terre et jonchée de jalons, nous voulons absolument voir ou toucher. Il nous faut demander nos connaissances aux idées sensibles, pour que nous osions les appeler certaines; et cela nous conduit malgré nous à des expérimentations qui nous font abandonner la voie large et sûre de l'observation. En effet, quoique jamais la science n'ait plié sous de plus volumineux faisseaux, de ce qu'on appelle des *faits*, on ne me paraît pas moins avoir abandonné cette voie féconde. N'a-t-on pas dit, et avec raison, que l'art d'observer est bien autre chose que l'art de rédiger des observations? On ne paraît pas s'en douter de nos jours. Dans la peinture d'une maladie, ou si l'on veut, de l'état d'un malade, qu'est-ce qu'il importe de signaler, si ce ne sont ces traits caractéristiques qui font l'essence de cette physionomie morbide propre à la faire reconnaître dans tous les cas analogues? Ces traits qui ont composé les tableaux immortels d'*Hippocrate*, d'*Arétée*, de *Baillou*, de *Sydenham*, de *Stoll*. Que signifient donc ces minutieux détails auxquels se complaisent tant de nos faiseurs d'observations? Ne sont-ils pas ce que seraient le nombre et la forme des pores dans un visage dont on voudrait faire

le portrait? Ces subtilités étouffent les choses plus es-
sentielles et sont le fruit d'une méthode faussement
appelée analytique. Elle peut séduire par une apparente exactitude, mais ce n'est qu'une lettre morte.
Noter tout ce qui se présente aux sens, quoi de plus
facile ; le vivifier par les vues de l'intelligence, voilà où
commence la tâche du médecin : aussi les médecins anciens, les auteurs qui seront éternellement classiques,
n'écrivaient pas au sortir de l'école. Il n'y avait pas,
alors, la Presse périodique à alimenter, et avec elle la
tentation d'occuper de soi la renommée. Les Vanswieten,
les Morgagni et tant d'autres, mettaient trente ans, leur
vie entière, à publier leurs travaux. Ils savaient, ces
grands hommes, et nous devons le redire bien haut,
que l'observation en médecine est délicate, difficile,
instable, mobile, parce que, comme dit Laplace (*),
aux limites de cette anatomie visible commence une
autre anatomie dont les phénomènes nous échappent,
parce qu'aux limites de la physiologie extérieure et
toute de formes, de mouvements et d'actions mécani-
ques, se trouve une autre physiologie invisible, dont
les procédés et les lois seraient bien autrement importants à connaître.

Ils se seraient bien gardés, ces observateurs philoso-
phes, de tirer des lois pathogéniques des moindres altérations de texture, surtout du nombre respectif de
chaque fragment de lésion, de faire, enfin, des catégo-
ries étroites de faits envisagés sous un seul point de
vue, et « calquées sur la majorité des cas, d'une manière

(*) *Essai sur les probabilités*.

absolue, comme si les lois de la nature pouvaient se
faire à l'instar des lois de la société, avec des majori-
tés. » Broussais, exam., t. 4, p. 650.

Une école célèbre a voulu asseoir toute la doctrine de
la pathogénie sur les lésions, sur les altérations de
texture qu'offrent les tissus anatomiques après la mort,
et là il semblait qu'on pût atteindre à des résultats positifs, l'anatomie normale étant portée à un dégré de
perfection, qu'il est difficile de surpasser. De toutes
parts, néanmoins, se sont élevées des voix pour borner
les prétentions de l'anatomie pathologique, et nier que
cette science fût l'unique base de la médecine ; le chef
de la doctrine physiologique, lui-même, qui aurait semblé devoir lui prêter son puissant secours ; lui, le loca-
lisateur par excellence de presque toutes les maladies ;
lui, si attentif aux cris de l'organe souffrant, n'a-t-il
pas combattu les anatomo-pathologiques purs avec sa
dialectique sévère et ses sarcasmes mordants ? « On demande trop, a-t-il dit, à l'anatomie pathologique, en
exigeant d'elle seule toutes les certitudes. L'observation
de la vie vient avant elle, se passe d'elle le plus souvent
pour le bonheur de l'humanité, et supplée dans tous
les cas à ce qu'elle ne peut donner. Eh quoi! il n'y aurait d'autres maladies que celles qui dépendent de la
détérioration des organes, et les phénomènes qui pré-
parent et amènent ces altérations ne seraient que des
ombres fugitives? Les médecins qui ne vivent pas au
milieu des morts, dans les hôpitaux, seraient condam-
nés à passer leur vie au milieu des *chimères ?* singulière
doctrine que celle de ne vouloir reconnaître les maladies

que parvenues au degré où on les trouve dans les ca-
davres. Non, non, la vraie maladie est dans l'action
morbide qui a produit cette altération. » C'est ainsi que
s'exprime le célèbre Broussais. Que dira-t-il des prétentions plus récentes d'expliquer quelques parties de
la pathologie, par des affinités chimiques (*)?

Vouloir trouver la raison des altérations de la santé
dans les modifications des compositions moléculaires,
dans les proportions des principes de nos organes ou
de nos humeurs, n'est-ce pas supposer que l'on connaît
la composition intime du tissu vivant lorsqu'il est en
santé, et poser d'autorité des limites à cette force ani-
mée qui le conserve à l'état normal, au milieu de conditions si diverses? Et pourquoi ne pas l'avouer plutôt
avec le médecin romain, que je citais tout à l'heure.
« Elle nous est et nous sera éternellement cachée cette
nature, cette texture intime, soit des solides, soit des
liquides du corps vivant; elle se dérobe tout à fait, non
seulement à nos sens, mais encore à la pénétration de
l'esprit humain (**). » A quoi peuvent donc aboutir ces
minutieuses, j'allais presque dire, sans la retenue que

(*) Nous ne pensions pas, quand nous prononcions ces paroles,
avoir sitôt à regretter la perte de cette illustration médicale. Qu'il
nous soit permis de consigner ici le témoignage de la douleur que res-
sentira le monde médical, à la triste nouvelle de la mort de notre
célèbre Broussais.

(**) Nos latet, æternumque latebit minima illa ac subtilis, non
solum à sensibus, sed ab humanæ mentis acie prorsus remota soli-
darum æque ac fluidarum corporis viventis partium textura. Baglivi
praxis medica, t. 1er, page 7.

m'inspirent les hommes honorables qui s'y livrent, ces puériles investigations du microscope et des réactifs chimiques? Nous feront-elles connaître ces actions et réactions atomiques qui constituent la série des phénomènes vitaux? peut-on espérer, avec elles, de prendre la vie sur le fait dans ces laboratoires secrets et à jamais impénétrables, où s'exécutent ses actes le plus mystérieux?

Le solidisme, qui a dominé depuis la fin du siècle dernier, devait, par une réaction naturelle, ramener la médecine à l'humorisme ; non pas à cet humorisme grossier qui, pourtant, imposa son joug aux écoles pendant des siècles, mais à cette idée première de fluides vivants dans l'organisme, et pouvant subir des altérations compatibles avec la vie, quoique à l'état morbide. De la résurrection de cet humorisme, non moins que des immenses progrès de la chimie organique, naissait, comme de source, la chimie médicale; et, quoique de nombreuses analyses du sang et des autres fluides sécrétés eussent déjà été faites, il devenait indispensable de les renouveler. Et comme il existait des médecins chimistes et que, lorsqu'on étudie plusieurs sciences à la fois, on est toujours tenté de faire l'application à chacune d'elles des préceptes et des lois de celle qu'on cultive de prédilection, et que peu d'esprits sont assez puissants pour se soustraire à l'invincible nécessité d'accorder une importance exagérée à l'objet de ses travaux, surtout lorsqu'ils sont ardus, longs et difficiles, la chimie a dû envahir le sanctuaire médical.

Apprécions, du point de vue de la médecine pratique,

les tentatives d'ailleurs bien courageuses des chimistes-
médecins de nos jours. Peut-être verrons-nous que tant
de peines, tant et de si laborieux travaux, seraient di-
gnes d'une plus noble récompense. La plus importante,
comme la plus récente production de ce genre, c'est le
travail de M. Lecanu *Etudes chimiques sur le sang
humain;* déjà récompensé par l'Académie de médecine,
cet ouvrage n'a rien à redouter de notre examen sous
le rapport de son importance spéculative. En sera-t-il
de même si nous desirons le juger par rapport à ses
applications pratiques?

Comme dans tous les travaux que les chimistes ont
faits à diverses époques; ce qui nous frappe dans celui-
ci tout d'abord, c'est le défaut d'accord dans les résultats, c'est le peu de fixité dans le nombre des principes que chaque expérimentateur contemporain re-
connaît dans le sang, à l'état de santé chez l'homme.
Principes qui, jusqu'à ce moment, s'élèvent seulement
au nombre de quarante-cinq pour la totalité, mais iné-
galement acceptés par chacun d'eux. M. Lecanu, après
de savantes analyses, réduit ce nombre à vingt-six.
Eh bien! Messieurs, cette première incertitude ne
vous semble-t-elle pas ruiner la base des travaux sub-
séquents? avec qui se rangera le médecin pour l'analyse
du sang? quels principes acceptera-t-il, quels refusera-
t-il? mais, après avoir admis ces principes, fut-on d'accord sur leur nombre, que sera-ce de leurs proportions respectives, de leur importance relative? qui
pourrait jamais, dans cette voie, se charger de mettre
d'accord les analystes du sang ; que dis-je, le même

expérimentateur dans plusieurs recherches successives?
qui, oserait répondre de trouver toujours semblable,
bien que sur le même individu et toujours à l'état de
santé, le sang, ce fluide que tous les modificateurs peuvent influencer, que le bonheur ou la tristesse peuvent
altérer, le sang qui, peut-être, ne saurait rester pendant une heure identique à lui-même dans le même
animal, et qui en tout cas n'offre jamais que le cadavre
du fluide animateur, à celui qui veut pénétrer dans sa
composition intime ?

Mais, en dehors de cette affinité moléculaire, peut-
être les recherches des savants nous feront-elles découvrir plus de concordance dans l'appréciation des
propriétés physiques du sang. Ici, Messieurs, nous
sommes obligés de répondre encore, pas davantage.
D'après les observations du professeur Muller, dont
l'opinion est partagée par des hommes d'un grand mérite, et depuis longtemps familiarisés avec ce genre de
recherches, tels que MM. Raspail et Donné, la fibrine
est réellement dissoute dans le sang vivant; elle se pré-
cipite à l'état solide après sa sortie des vaisseaux. Eh
bien! M. Lecanu dit positivement que toutes les matières contenues dans le sang existent en dissolution,
excepté la fibrine.

Si donc, comme sciences naturelles, la chimie, la
physique, peuvent amener des notions qu'on appellera
positives, des notions de composition élémentaire et
d'organisation apparente, quoique sous ce rapport même
tant de divergence se trouve au bout de ces laborieuses

investigations, seulement dans l'état sain de l'organisme ; que sera-ce lorsque nous voudrons faire usage
de ces lueurs incertaines, pour éclairer les états morbides les plus nombreux, les plus variés, les plus fugi-
tifs? ne serons-nous pas en droit de répondre aux in-
fatigables travailleurs qui roulent le roc de Sysiphe?
jamais, non jamais, vous n'atteindrez le terme. Le sang
n'est pas un composé de fibrine d'albumine, de cruor,
de serum, de globules, tandis qu'il coule dans ses vaisseaux, tandis qu'il est vivant, allant du cœur aux extrémités répandre partout, sur son passage, sa vivifiante
influence; il n'est alors qu'un fluide animé, qu'un liquide inanalysable ; il est, enfin, il est du sang ! ·

Après le sang, les urines, le lait, la bile, la salive,
le suc gastrique, etc., ont dû être aussi examinés. Ils
ont été accusés de produire divers états morbides ; on
a cru qu'ils pouvaient être résorbés et mêlés au sang;
on a pensé que les organes qui sécrètent des humeurs,
pouvaient présenter des altérations physiques en harmonie avec les modifications de ces humeurs, et les
analyses chimiques ont été invoquées pour éclairer ces
obscures questions. Et c'est ici surtout que brille le défaut d'accord dans les réponses de la chimie. Personne,
cependant, n'oserait dire que c'est à l'artiste qu'en doit
être fait le reproche, quand se sont des Berzelius, des
Vauquelin, des Fourcroy, des Scheele, des Thenard,
des Dumas, qui ont expérimenté. Aussi, je redis avec
confiance « La variété des résultats dans les analyses
de chimie animale, reste telle qu'on la calculerait, pour
ainsi dire, rigoureusement, sur les variétés des tenta-

tives (*). » Mais, à cette occasion, pouvons-nous demander s'il existe au moins des relations constantes entre les phénomènes morbides des solides et des liquides? quelquefois, sans doute, mais non toujours; et alors où est le lien de causalité. Nous pouvons citer, pour exemple, le diabétès, la maladie de Brigth. Dans l'une, l'urine peut être sucrée, dans l'autre albumineuse, sans altération de structure dans l'organe sécréteur et *vice-versâ*. D'ailleurs, même dans ces affections, la dernière surtout, est-on d'accord sur les principes de l'urine? Prout, Berzelius, Thenard, Barruel qui vient d'être ravi aux progrès de la science, ne retrouvent pas d'acide urique, ni durée dans le diabétès; Rayer vient de l'y découvrir au microscope. — Enfin, peut-on s'arrêter à cette découverte du docteur Mandl, qui attribue la propriété alcaline à toutes les sécrétions des organes pourvus de nerfs du système cérébro-spinal, et au contraire acide à celles qui proviennent d'organes pourvus de nerfs ganglionnaires; lorsque M. Donné a trouvé la salive par exemple tour à tour alcaline, ou acide dans divers états des organes sécréteurs; lorsque Prout a reconnu que les diverses sécrétions des organes digestifs sont tour à tour alcalines ou acides dans l'ordre de leur succession, lorsqu'enfin chaque humeur sécrétée montre alternativement les deux propriétés dans des circonstances encore indéterminées (**).

Serons-nous donc fondés à demander aux analyses

(*) *Double Séméiologie générale.*

(*) D'ailleurs, a-t-il prouvé que les organes sécréteurs ne soient pas tous fournis de nerfs ganglionnaires? Et n'y en a-t-il pas qui

chimiques les caractères des altérations des produits
sécrétés? ne sait-on pas, d'ailleurs, qu'en matière de
sécrétions, les circonstances d'organisation ne conser-
vent presque pas de rapport avec les phénomènes fonc-
tionnels, pas plus de qualité que de quantité? les glandes mammaires sécrètent-elles du lait en proportion
de leur masse óu de leur mode de vitalité? Et sous l'influence de combien de modificateurs ne varie-t-elle
pas? ainsi de beaucoup d'autres organes sécréteurs.

Où se bornerait, d'ailleurs, la nécessité des analyses?
l'aspect du malade, le mode d'exécution de ses fonctions vous éclairent à chaque instant; vous pouvez, vous
devez les interroger sans cesse, et une sécrétion qui
peut changer de nature et de quantités respectives à
toute minute, avec tout le caprice d'un phénomène vital; il faudrait ou ignorer ses modifications chimiques
que vous croyez si importantes, ou ne pas quitter le
laboratoire.

Ainsi, les inévitables lacunes des analyses de chimie
animale, l'impossibilité où l'on est presque d'en déduire
des conclusions stables, doivent en détourner les médecins, pénétrés qu'ils doivent être que c'est moins par
leurs qualités sensibles, que par les conditions vitales
auxquelles elles se trouvent liées, que les sécrétions ont
d'importance. — Mais, qui pourrait poser des limites
aux progrès de l'esprit humain, qui oserait, nous dira-

reçoivent des filets des deux sections? Seront-ils tour à tour les excitants de la sécrétion ? On voit trop que c'est une ambition de clas-
sifications et de découvertes qui conduit M. Mandl

t-on peut-être, avancer que toutes les découvertes sont faites? Ce n'est pas nous qui articulerions une proposition si décourageante. Toujours nous exciterions à l'étude de cette science qu'on peut, à juste titre, regarder comme l'instrument analytique général des différents corps de la nature. Toujours nous pousserions à ces travaux, ne fut-ce que comme tentative, comme curieuses recherches, parce qu'un jour, peut-être, quelque application heureuse pourrait en découler ; mais, comme médecins, qui ne devons pas seulement chercher à éviter les écueils, mais encore servir de phare à ceux qui entrent dans la carrière, nous devons proclamer qu'elle est erronée la voie que nous signalons, et qu'il est sage de n'y pas entrer.

Ars longa, la science est longue à acquérir, a dit le divin vieillard; et, lorsque la vie tout entière suffit à peine à cette science d'observations et d'expériences, nous en consommerions une si grande part à des travaux que nous saurions d'avance frappés de stérilité. Soyons pathologistes, soyons physiologistes, et laissons à la chimie le soin de nons enrichir de substances nouvelles. Rendons graces aux chimistes de nous fournir les principes actifs de nos plus précieux médicaments. Demandons-leur les moyens de découvrir et de neutraliser dans la profondeur de nos organes, jusqu'aux moindres traces de ces substances, que le crime ou l'imprudence peuvent y avoir fait pénétrer; et nous les plaçons dans un champ vaste et inépuisable de travaux utiles et glorieux. Mais, méfions-nous de l'attrait des découvertes possibles dans les phénomènes vivants, au-

trement qu'en étudiant la vie en action. — Et qu'on ne
dise pas que ce ne sont pas là les prétentions des chimistes; que j'attaque une chimère ; ce n'est pas seulement une menace d'invasion de la chimie dans le sanctuaire médical, c'est plus qu'une tendance que je com-
bats, c'est presque une application de chaque jour. Déjà,
dans plus d'un hôpital de la capitale, on aborde le lit des
malades entourés de réactifs chimiques, et ces exemples
peuvent être contagieux. — Ce n'est pas seulement pour
découvrir des faits qu'on est à l'œuvre; on veut en tirer des conclusions. On avance, par exemple, que la
proportion des globules, dans le sang, semble pouvoir
servir de mesure à l'énergie vitale, et que ce résultat
doit être d'une grande importance. Il nous faudrait
donc convenir que l'enfance, que le sexe féminin, qui
ont moins de globules, les hommes dont la vie de re-
lation fait presque toute l'existence, et dont l'organisme,
dont le sang est appauvri, et qui poussent néanmoins
une carrière octogénaire, ont moins de puissance vitale que le jeune homme pléthorique qui succombe à
cette surcharge de globules; non, la vie ne s'explique
pas par la matière ou les conditions de la matière. Mais
peut-on s'arrêter dans cette voie? M. Lecanu, mesurant
sans doute ses espérances à l'ardeur de son zèle, n'a-
t-il pas osé tirer cette conclusion aussi hardie que té-
méraire ? « Il pourra arriver qu'un puissant génie par-
vienne à former, de toutes pièces, aux dépens de notre
fluide nourricier, nos solides et nos liquides; qu'il les
voie se produire sous ses yeux, et nouveau Cuvier assiste
en quelque sorte à leur création moléculaire. » Et ne
lui manquera-t-il pas toujours à ce génie, quelque puis-

sant qu'on le suppose, ce qu'il n'est pas donné à l'homme de créer : la vie ?

Mais j'ai à signaler encore une autre aberration des recherches médicales. Et je me suis demandé s'il fallait sérieusement discuter les espérances que fait naître chez les expérimentateurs l'usage du microscope comme moyen d'analyse et de diagnostic. Peut-être pourrait-on s'en occuper comme on l'a fait naguère dans la gazette médicale ? Néanmoins, comme son emploi menace de prendre rang dans la science, comme un *cours d'analyse microscopique appliquée à la physiologie et à la pathologie,* est professé publiquement à Paris par un médecin recommandable, disons au moins comment nous envisageons les découvertes ultérieures qu'on veut en obtenir. Tout ce que l'on pourrait demander à cet instrument d'exploration a été déjà obtenu dès l'origine de sa découverte (1620) au commencement du 17e siècle. Le monde des animalcules devait être son partage ; il n'échappa pas aux investigations des Leuvenhok, des Nëedham. On avait cru jusques-là à la génération spontanée ; cette erreur fut détruite, et plus tard on lui a dû la découverte des insectes parasites. Tant qu'on s'est borné à lui demander des faits en eux-mêmes, il a pu répondre avec justesse ; mais, dès l'instant qu'on en veut tirer des inductions, on n'obtient que des romans.

Déjà on a examiné au microscope les nerfs, le sang, le lait, l'urine, le vaccin, et Dieu sait la variété de globules qu'on a découverts, la multiplicité des formes moléculaires déjà si nombreuses par la diversité des

principes qui constitue ces matières, se multiplie encore à l'infini par le nombre d'instants qui s'écoulent
depuis celui où elles faisaient partie du corps vivant,
par les divers états et proportions électriques et de
l'atmosphère et de ces matières elles-mêmes, par les
degrés et les variations brusques de température, par
tous les phénomènes météorologiques, etc., etc. Et c'est
à cette instabilité, à cette insaisissable, infixable con-
formation moléculaire, que l'on voudrait demander une
sorte de séméiotique, qu'on demanderait des inductions
œtiologiques, pathogéniques. En vérité, faut-il combattre de telles futilités? Quoi! se livrer à la microgra-
phie, à l'étude d'un monde nouveau, d'un monde du
microscope, lorsqu'on a déjà tant de peine à étudier et
connaître le monde de nos sens à l'état ordinaire? et
les micrographes vous déclarent encore qu'il y a pour
eux nécessité absolue de faire marcher de front les
recherches microscopiques et chimiques. C'est à ces
deux procédés qu'on doit demander compte des altérations que le sang peut subir dans les maladies. Ils
nous diront les différences de proportions entre les
divers éléments de ce fluide. L'un sans l'autre ne vous
rendrait pas raison de toutes les variations morbides,
ensemble ils vous diront les modifications organiques
que chacun d'eux fait apprécier dans les globules du
sang. Pour un objet de sensation visuelle, les observateurs seront-ils au moins unanimes? Ce qui se passe
maintenant entre plusieurs micrographes, par rapport
à l'examen microscopique du vaccin et la difficulté
qu'ils ont à s'entendre, nous ferait regarder comme in-
solubles la plupart des questions qui se rattachent au
microscope.

Je ne parlerai pas, Messieurs, pour infirmer la valeur de ce mode d'investigation, de la difficulté qu'il peut y avoir à se servir du microscope; une étude un peu attentive peut aisément donner tout ce qu'il faut d'aptitude à cet égard. Bientôt même une telle facilité, jointe à l'attrait de la nouveauté, me ferait plutôt craindre que son usage ne devînt général. Y a-t-il rien de plus simple, que de voir sur l'objectif des globules et toujours des globules; mais les formes et les grosseurs peuvent-elles donc se multiplier pour correspondre à la multiplicité probable des corps examinés? Et quelle langue pourrait peindre avec quelque fixité, cette infinie variété? Déjà la gravure a représenté de nombreuses figures des matériaux de l'urine; et, lorsque je songe que ces corps sont en réalité de 300 à 400 fois plus petits qu'un grain de chenevis ou de farine impalpable; car la grosseur que leur donne le microscope, n'est qu'imaginaire, lorsque je sais que les globules du sang par exemple, *jouissent d'une élasticité parfaite; qu'ils se prêtent à tous les accidents de forme ou de diamètre qu'on observe dans les vaisseaux qu'ils traversent; qu'ils s'allongent lorsque ceux-ci sont très-étroits, se courbent ou se plient en tous sens lorsqu'ils sont heurtés par un obstacle*, je me demande que signifie là la forme? Et j'ai bien peur que, dans leur frottement, lorsqu'ils sont mobiles, dans leur aggrégation à l'état de repos, toutes les figures de ces globules ne soient altérées. Quand je songe encore que, pour mieux apprécier ces corps solides, on est souvent obligé de les mettre en dissolution, comment ne pas craindre des mutilations ou des créations de forme nouvelle tout à fait fantastiques?

Enfin les travaux faits jusqu'à présent sont à recommencer. L'instrument vient d'être perfectionné, et les observations antérieures sont nulles ; et qui pourrait nous garantir de pareilles et peut-être fréquentes révolutions ?

Non, la médecine pratique ne saurait accepter de tels auxiliaires auprès du lit des malades ; le microscope, les réactifs chimiques sont aujourd'hui sans utilité, comme à l'époque de Sthaal : *chemiæ usus in medicina nullus aut ferè nullus.* (Juncker, pathol.) Combien nous échapperait-elle plus fugitive *l'occasio preceps ?* Combien elle deviendrait de plus en plus trompeuse et mensongère, *l'experientia fallax.* Enfin le *judicium difficile* n'en serait-il pas de plus en plus obscurci et vacillant ?

Je sais que « notre science doit emprunter à des sources diverses ; que la vérité pour elle est fractionnée ; que ce qu'un moyen d'investigation ne donne pas, un autre peut le fournir. Les causes peuvent révéler ce que taisent les symptômes ; l'anatomie pathologique peut éclairer des doutes qu'aucun autre moyen ne dissipe, et enfin la thérapeutique elle-même est un dernier instrument et comme la pierre de touche des autres sources de connaissance (*). » Mais je n'accepte pas les théories physico-chimiques pour interpréter les maladies. Toutefois qu'on ne se hâte pas de nous accuser d'obscurantisme. Nous savons tout ce que valent les

---

(*) *Risueno d'Amador.* Discours sur la statistique. (Académie royale de médecine.)

analyses des chimistes en tant qu'investigation de la
nature ; nous admirons les brillantes découvertes qui
naissent sous leurs pas ; nous applaudissons à leurs
immenses travaux. Enfin, nous savons rendre grace
au gouvernement qui a exaucé nos vœux, lorsqu'il a
créé des facultés dans notre belle cité. Ce n'est donc
pas nous qui viendrons à l'avance décourager les jeunes intelligences qui devront y affluer. Allez, leur dirons-
nous, allez étudier ces sciences qui, pour le bien de
l'humanité, ont changé la face de l'univers. Allez ap-
prendre comment l'industrie leur emprunte des pro-
diges, comment elles ont su multiplier ce que le ciel
nous a donné de plus immuable, le temps ; comment
elles nous environnent de jouissances et nous sous-
traient à tant de maux : allez dans nos facultés appren-
dre à faire des applications utiles, et songez qu'on
n'arrive aux succès que par la spécialité des travaux.
Chimistes, ne quittez jamais vos laboratoires qu'enri-
chis d'une découverte nouvelle ; mais vous tous indus-
triels de tout genre qui appliquez cette découverte,
attendez-la, et ne consumez pas vos veilles à des travaux inféconds ! Vous, médecins, demandez aux chimistes des substances qui enrichissent la thérapeutique,
recueillez les résultats de leurs travaux ; mais songez
que votre place est au lit des malades, et que ce n'est
pas le lieu d'expérimenter. Appliquez la science découverte, mais ne vous consumez pas à la chercher ;
pensez que la médecine proprement dite est immense,
et que votre vie suffira à peine à en atteindre les limites.

NOTICE

DES TRAVAUX

DE LA SOCIÉTÉ ROYALE DE MÉDECINE DE BORDEAUX ;

Par M. BURGUET, secrétaire-général.

MESSIEURS,

A une époque où chacun passe avec assurance le
niveau sur les opinions accréditées dans les âges pré-
cédents, doit-on s'étonner que l'antique doctrine des
constitutions médicales ait reçu de vives attaques?
Elle noue trop lentement les faits, pour satisfaire l'im-
patience de certains esprits. Cependant c'est l'histoire
médicale proprement dite; celui qui la médite y puise
d'utiles leçons; elle perfectionne journellement son
expérience, et elle le conduit avec plus de sûreté dans
les routes épineuses de la carrière médicale.

C'est ainsi, Messieurs, que vous interrogez souvent
et avec fruit, les relations que vos devanciers vous ont
laissées sur les maladies qu'ils ont observées dans cette

contrée. Vous préparez vous-mêmes, dans vos entretiens mensuels, des matériaux qui serviront un jour à
ceux qui vous succèderont dans cette enceinte.

Je vais, Messieurs, comme par le passé, vous présenter l'ensemble qui ressort de tous les détails que
chacun de vous a fournis, de tous les faits que chacun
de vous a recueillis; en un mot, je vais vous présenter
le tableau de la constitution de l'année médicale qui
vient de s'écouler.

L'été de 1837 a succédé à un printemps très-plu-
vieux; mais vers la fin de juin, la température est devenue plus sèche.

Quoique le vent ait soufflé presque constamment de
l'ouest, durant cette saison, le ciel a été serein; chose
remarquable dans cette contrée où les vapeurs de
l'Océan chassées par le vent d'ouest, s'amoncèlent ha-
bituellement, et tombent en pluies abondantes.

Dès la fin du mois de juillet, les maladies ont perdu
les caractères qu'elles avaient pendant la saison pré-
cédente. Les affections du bas-ventre et les exanthè-
mes cutanés, ont remplacé en juillet les catarrhes et
les pneumonies, si fréquents dans les mois antérieurs.
Si l'irritation gastro-intestinale a revêtu quelquefois
la forme catarrhale, elle a été bien plus souvent inflammatoire. La méthode antiphlogistique a compté bien

plus de succès que celle qui consiste à débarrasser les premières voies par les vomitifs et par les purgatifs.

La rougeole, la scarlatine, et la varioloïde, qui ont été de toutes les maladies cutanées celles qu'on a observées le plus fréquemment, ont suivi, dans les diverses phases de leur développement, une marche régulière. On ne les a pas vues s'effacer dès leur apparition, ainsi qu'il était arrivé dans le mois de janvier, pendant que la grippe était devenue la complication de toutes les maladies.

Les affections psoriques ont été très-communes; selon quelques praticiens, on pouvait les considérer comme épidémiques. Cependant on a fait remarquer, avec raison peut-être, qu'on a pu prendre pour la gale elle-même, certaines éruptions qui ne sont pas produites par le ciron, et qui n'ont de commun avec cet exanthème que la forme de la vésicule, qui est son caractère diagnostique le plus saillant.

Plusieurs maladies ont montré de la gravité pendant le mois d'août. Les fièvres intermittentes si simples auparavant, se sont accompagnées d'accidents formidables qui leur ont mérité le titre de pernicieuses. Chez les uns, un froid glacial, qui durait plusieurs heures, était suivi de vomissements et de déjections alvines; chez d'autres, il survenait un état comateux qui menaçait de se terminer par un épanchement sanguin dans le cerveau. C'était bien là assurément les deux ordres de fièvres, que les pathologistes ont désignés sous les noms de cholérique et d'apoplectique.

Quelques malades ont succombé avant le troisième ou le quatrième accès ; tous ceux à qui on a eu le temps de donner le quinquina à assez fortes doses, ont échappé au danger de cette première période.

Les adultes et les vieillards ont éprouvé des congestions sanguines que l'on peut appeler simples, en les comparant à celles qui constituaient l'un des caractères des fièvres dont nous venons de parler. Les premiers ont eu des épistaxis, des hémoptysies; les seconds sont tombés en apoplexie. Les femmes ont éprouvé des pertes utérines qui chez plusieurs ont amené l'avortement.

C'est aussi dans le mois d'août que la rage a paru se propager d'une manière alarmante parmi les chiens. Trois personnes qui avaient été mordues, sont mortes, dit-on, dans les horreurs de l'hydrophobie. Mais soit que le développement de la maladie ait été prévenu chez d'autres par la cautérisation, soit que la frayeur ait exagéré dans cette circonstance comme il arrive d'ordinaire dans toutes les calamités publiques; il est certain que quel qu'ait été le nombre de ceux qui ont reçu des blessures, il n'y a eu aucune autre victime de cette cruelle contagion. Nous devons regretter qu'on n'ait fait aucune recherche nécroscopique. Si les autopsies n'ont rien appris jusqu'ici de positif sur la pathogénie de la rage ; si tout est mystère encore sur sa cause première, sur les troubles qu'elle produit dans les parties intimes de l'organisation, ce ne sont pas là des motifs suffisants pour abandonner l'une des voies les plus sûres que peut suivre le médecin. Cet abandon nous conduirait à blâmer tout essai thérapeutique ; nous tomberions dans un aveugle fatalisme qui nous rendrait tout aussi inhumains que ceux qui par pitié hâtaient la mort du malheureux hydrophobe.

L'automne a été chaud et humide. Le vent a soufflé du sud-ouest.

A la fin du mois de septembre, les maladies de l'abdomen ont encore été les plus répandues, mais elles se sont montrées sous une physionomie différente. L'irritation gastro-intestinale a été plutôt dans les cryptes muqueux que dans les capillaires sanguins; elle a suscité des embarras gastriques et intestinaux. A cette première forme de la turgescence abdominale, ont succédé la dyssenterie et les flux muqueux. On a combattu rarement ces divers états par les émissions sanguines ; on n'employait celles-ci que lorsqu'il existait une réaction fébrile. La plupart des malades se sont bien trouvés des évacuants. Plus tard le foie a partagé l'irritation des tissus muqueux qui l'avoisinent ; sa sécrétion en a été augmentée, et la peau et la membrane conjonctive, ont pris chez plusieurs malades une teinte ictérique; des sangsues appliquées à l'épigastre, sur l'hypocondre droit ou à la marge de l'anus, des demi-bains, des fomentations, ont calmé cette surexcitation hépatique. De légers minoratifs ont complété les bons effets de ces premiers moyens.

L'ophtalmie oculaire, que l'on a vue très-souvent chez les enfants, a cédé aux remèdes les plus simples.

On a eu surtout à s'applaudir de l'efficacité des onctions mercurielles faites deux fois par jour sur le bord
des paupières.

Les enfants ont encore eu des gonflements de la pa-
rotide. On a obtenu facilement la résolution de ces
oreillons par la saignée capillaire et les applications
émollientes. Lorsque ces tumeurs ont tardé à se dissi-
per, on a prescrit avec avantage des onctions mercurielles. Cependant quelque bien méritée que soit la
confiance que certains praticiens accordent à ces préparations métalliques, on a cité deux cas, qui doivent
engager à en user avec la plus grande prudence. Le
voisinage des glandes salivaires, l'activité de l'absorp-
tion chez les jeunes sujets, explique assez l'apparition
quelquefois très-prompte de la salivation.

On a observé un mouvement anarrhopique très-
prononcé vers la tête. Les enfants qui mettaient des
dents, ont eu des convulsions ; plusieurs ont été me-
nacés d'encéphalite. Les adultes ont éprouvé des hémorrhagies nasales, et les vieillards ont succombé à
l'apoplexie.

La coqueluche s'est montrée plus fréquemment
cette année que les années précédentes. Elle a été en
général sans gravité ; les antiphlogistiques d'abord, et
l'émétique ensuite, ont été à peu près les remèdes qui
ont suffi pour faire perdre à cette affection catarrhale
son caractère convulsif.

L'angine tonsillaire a été pour ainsi dire épidémi-
que, mais toujours fort légère au commencement de

l'automne. Il n'en a pas été de même vers la fin de cette saison : elle est devenue très-inflammatoire; chez plusieurs personnes c'était une véritable diphtérite. Le voile du palais, les amygdales, les parois du pharynx se recouvraient de couennes épaisses et difficiles à détacher. On a employé, dès le début, un traitement antiphlogistique énergique; et dans quelques cas où il existait un embarras gastrique, le tartre stibié a secondé parfaitement l'effet des saignées, des gargarismes et des boissons tempérantes. Les solutions d'alun employées en gargarismes, ont été très-utiles à une période avancée de la maladie, pour rompre la plasticité des fausses membranes.

Les maladies ont repris vers la fin de l'automne leur aspect catarrhal ; on a observé que c'était au moment où il est tombé beaucoup de pluie. Les flux intestinaux et le catarrhe pulmonaire ont été les affections prédominantes. Ils ne se sont accompagnés d'aucune réaction ; aussi une légère diaphorèse en a été la crise la plus naturelle et la plus facile à provoquer.

Les névroses de l'appareil respiratoire ont atteint un assez bon nombre d'individus; on a fait la remarque qu'elles affectaient surtout les personnes qui avaient été sérieusement malades de la grippe, soit par l'intensité même de cette affection catarrhale, soit par quelque prédisposition organique du poumon. Des hommes âgés sont devenus asthmatiques ; les femmes particulièrement ont souffert de dyspnées qui guérissaient plutôt par les préparations opiacées que par les saignées et les dérivatifs.

Quoique les maladies de l'automne aient, en général,
offert peu de gravité, cependant on a observé, des
fièvres continues qui n'étaient pas aussi bénignes; on
les a rattachées, les unes aux fièvres muqueuses, les
autres aux fièvres typhoïdes. Les malades ont couru
des dangers; mais la mortalité n'a pas été en proportion ni du nombre ni de la gravité des accidents. Les
succès que l'on a obtenus, ont semblé devoir être attribués à la sage combinaison que l'on a faite des diverses méthodes de traitement. Les praticiens se con-
duisaient d'après l'importance de tel ou tel phénomène morbide, n'accordant à chaque méthode que la
valeur qui ressortait de la forme, sous laquelle la maladie se présentait.

On pratiquait assez souvent des émissions sanguines
au début de ces fièvres, parce qu'aux signes d'une
forte réaction se joignait une tendance aux congestions sanguines, principalement vers le cerveau. On
administrait en même temps des demi-bains, on tenait
des réfrigérants sur la tête, tandis qu'on entretenait
des révulsifs aux extrémités inférieures. Dès que la
réaction était tombée, on appliquait des vésicatoires;
souvent, l'état saburral de la langue, l'empâtement de
l'abdomen engageait à prescrire un minoratif. Plus
tard, enfin, de légères décoctions de quinquina, le
camphre associé au nitre, au musc, ont relevé les forces de l'organisme; ils ont dissipé ces impressions par-
ticulières qui suivent les fièvres dont nous parlons, et
qu'une pathogénie rationnelle rattache à l'altération
des fluides.

Plusieurs fièvres de la nature de celles que les pathologistes appellent larvées, n'ont pas résisté au sulfate de quinine ou aux autres préparations de quinquina qu'on a cru devoir substituer à ce sel.

Les maladies éruptives ont été assez rares dans l'automne. Cependant l'érysipèle de la face a été observé, soit dans la pratique civile, soit dans les hôpitaux. Son apparition coïncidait ordinairement avec un état saburral des premières voies. Aussi, on administrait avec le plus grand avantage un éméto-cathartique, et bientôt l'exanthème pâlissait et s'effaçait. Dans certaines circonstances qui contr'indiquaient les évacuants, quelques praticiens se sont bornés à mettre sur l'érysipèle lui-même, une pommade mercurielle. On n'a pas contesté les succès obtenus par cette méthode, mais on a objecté qu'ils pouvaient être attribués autant à l'abri que le corps gras prêtait aux parties enflammées contre le conctact de l'air, qu'à la présence du mercure. Car, selon toujours les mêmes contradicteurs, l'axonge seule amène également la diminution de la chaleur et de la douleur que produit l'érysipèle. Mais ni l'un ni l'autre de ces topiques ne modifie en rien la marche de cette inflammation. D'ailleurs, pour prémunir contre la facilité que l'on aurait d'employer les onctions mercurielles sur la face, nous citerons le fait suivant Un homme âgé fut pris d'un érysipèle qui s'établit sur la joue droite. Après deux applications de sangsues dans les environs de la partie enflammée, le médecin prescrivit des onctions mercurielles. Deux ou trois gros d'onguent napolitain avaient été à peine employés, que cet homme com-

mença à rendre une grande quantité de salive; rien
ne put arrêter le ptyalisme, et le quatrième jour le
malade mourut. L'autopsie cadavérique ne fut point
faite ; mais la mort avait été précédée de signes d'asphyxie si manifestes, que l'on doit penser que l'engorgement extrême des parties environnant la trachée-
artère et le larynx, avait apporté une grande gêne
dans l'acte de la respiration.

Pendant l'hiver de 1837-38, le vent a soufflé de
l'est et du nord-est; la température n'a cessé d'être
froide et sèche. Cependant, cet hiver ne peut passer
pour avoir été rigoureux ; car, si le mercure est des-
cendu deux fois au-dessous de zéro, ce n'a été que pour
un moment, et le froid a continué à être très-suppor-
table.

Il serait difficile d'assigner un caractère spécial aux
maladies de cette saison, aucune ne s'étant distin-
guée des autres, ni par une plus grande extension, ni
par des caractères plus alarmants. On a vu régner
simultanément des phlegmasies des membranes muqueuses, celles de plusieurs parenchymes, les exanthè-
mes, l'apoplexie, etc. ; mais chacune de ces maladies,
en particulier, a été si peu répandue, qu'on ne saurait
dire jusqu'où allait la connexion qui pouvait exister
entre ces différents états·morbides.

Les phlegmasies catarrhales, telles que les bronchites,
les angines gutturales, ou laryngées, etc., sont celles qui
ont conservé une certaine prédominance. Mais, loin que
ce fut par des accidents particuliers, elles n'ont opposé

aucune résistance aux agents thérapeutiques les plus
simples. Cependant, nous devons en excepter le croup :
il a fait plusieurs victimes ; il a poursuivi sa marche
malgré le traitement antiphlogistique ; et dans sa se-
conde période, la fausse membrane a résisté aux se-
cousses du vomissement, provoquées par le vomitif.
On a observé que la toux croupale était peu fréquente,
et qu'elle s'opérait sans ces explosions si bruyantes, qui
se font entendre surtout au début de la maladie. Cette
particularité a acquis de l'importance, parce qu'elle en
imposait dans les premières périodes, et qu'elle faisait
douter de l'existence de l'angine laryngée. En l'absence de tout renseignement fourni par l'anatomie pathologique, on a pensé que la phlegmasie occupait plutôt les ramifications des bronches, que la partie supérieure du tube aérien. Car jamais la toux n'est ni plus
incessante, ni plus ferine que lorsque l'inflammation
occupe les ventricules du larynx et le voisinage de l'é-
piglotte. Quand elle est plus bas, l'anxiété est plus
grande, les menaces d'asphyxie se présentent de bonne
heure ; mais la toux est plus *étouffée*. C'est précisément
ce que l'on a vu chez les enfants dont nous avons parlé.

Vers la fin de l'hiver, les enfants et les vieillards
ont été exposés aux congestions encéphaliques. La turgescence sanguine s'est portée chez les femmes vers
l'utérus ; delà des avortements et des métrorrhagies
abondantes.

A cette époque encore, on a vu des varioles, des
rougeoles, des scarlatines, des urticaires, etc., mais
surtout des érysipèles. Le traitement de toutes ces

phlegmasies cutanées n'a offert aucune circonstance digne de remarque.

Au printemps, il a tombé beaucoup de pluie ; le vent a soufflé du nord-ouest et du sud. L'atmosphère a été chargée d'électricité. Nous avons eu souvent des orages, et la grêle a frappé d'une manière inaccoutumée la plupart de nos communes rurales.

On a eu à traiter des pneumonies qui, en général, ont été peu graves, et qui ont marché rapidement vers la résolution, par le secours des émissions sanguines et des révulsifs cutanés. Dans les cas les plus compliqués, ceux où la phlegmasie pulmonaire avait résisté, on a administré le tartre stibié à haute dose. Les succès qu'a eus cette méthode contre-stimulante, sont assez nombreux et assez authentiques pour qu'on ne puisse les contester.

La gastro-entérite a été l'une des maladies le plus souvent observées. L'irritation s'est propagée à l'appareil hépatique ; il s'en est suivi des flux bilieux, et la coloration ictérique qui traduisait sur la peau et sur la conjonctive l'affection du foie. Il n'a pas fallu combattre cette gastro-entéro-hépatite par les seuls antiphlogistiques ; autant ils étaient utiles au début de la maladie, autant il importait vers la fin de favoriser la déplétion des voies intestinales par des laxatifs.

La gastro-entérite s'est accompagnée quelquefois de symptômes typhoïdes. Le traitement a été établi sur les mêmes principes que nous avons exposés plus haut.

On a vu deux ou trois fois l'irritation gastro-intestinale affecter une marche intermittente : c'était chez
de très-jeunes sujets. Pendant le paroxisme, l'abdomen était douloureux, l'ingestion d'une petite quantité
de liquide provoquait le vomissement, la soif était ar-
dente, etc. Mais à peine la sueur se manifestait-elle ,
que ces symptômes commençaient à faire place aux
phénomènes qui annoncent l'absence de toute irritation vers la membrane muqueuse des voies digestives.
L'indication était précise ; le sulfate de quinine a été
prescrit, et les petits malades sont entrés facilement en
convalescence.

Les névralgies ont affecté différents siéges, mais aucune d'entre elles n'a été aussi fréquente que la névral-
gie sus-orbitaire ; on ne saurait croire combien celle-ci
s'est propagée parmi nous depuis quelques années. Elle
se montre dans toutes les saisons, avec toutes les tempé-
ratures ; elle n'épargne ni l'âge ni le sexe ; on la re-
trouve aussi bien au milieu des familles opulentes que
dans l'échoppe du pauvre. Cependant sa persistance
n'est pas heureusement en rapport avec les douleurs
qu'elle cause. Elle cède avec facilité aux divers agents
thérapeutiques qu'on lui oppose. L'expérience a encore confirmé cette année les bons effets du sulfate de
quinine associé à l'acétate ou à l'hydro-chlorate de
morphine. Nous ajouterons même que ce sel a guéri
certains malades qui avaient employé inutilement
beaucoup d'autres remèdes.

Il a existé parmi les adultes une toux convulsive
qui a persisté longtemps, malgré les diverses méthodes

thérapeutiques qu'on lui a opposées. La coqueluche n'a pas été moins opiniâtre chez les enfants ; sans présenter d'accidents sérieux, elle a parcouru néanmoins toutes ses périodes. Les vomitifs qui réussissent assez souvent, n'ont eu qu'un résultat fort équivoque pour la fréquence et l'intensité des quintes.

COMITÉ DES CONSULTATIONS GRATUITES.

Les rapports que les travaux de ce Comité ont établi depuis si longtemps entre la Société et nos concitoyens, vont toujours en s'agrandissant. Car, chacun de vous, Messieurs, s'associe de tout son pouvoir à la pensée philantropique qui a créé ces réunions ; vous les suivez avec un zèle louable, et vous consacrez aux malheureux des moments que le soin de vos intérêts vous commanderait souvent d'employer ailleurs. Mais le bien que vous faites n'est pas perdu : votre Société est honorée, et l'empressement que les malades mettent à se rendre à vos consultations, témoigne assez des services qu'elle rend.

Près de quatre cents malades sont venus cette année réclamer vos conseils. Il n'entre pas dans le plan de cette Notice de vous présenter les uns après les autres les faits que vous avez recueillis dans votre clinique bi-mensuelle. Toutefois, ces matériaux ne sont perdus ni pour la science, ni pour vous. Ils ont été réunis dans le recueil périodique de la Société. M. Venot, votre 2me secrétaire-adjoint, a présenté ce tableau pratique avec trop de talent, pour que je n'entreprisse au-dessus de mes forces , si je prétendais le reproduire avec d'autres couleurs que les siennes.

Obligé que je suis de taire des détails , sans doute pleins d'intérêts, permettez donc, Messieurs, que j'esquisse rapidement la revue des travaux du Comité des consultations gratuites.

On a dit que les grandes villes sont les tombeaux de l'espèce humaine : on a eu raison de le dire; car il y a dans les grands centres de population , des causes si nombreuses et si puissantes de maladies, que beaucoup d'individus y vivent languissants , et y trouvent une mort prématurée. Aucune ville ne l'emporte sur celle que nous habitons pour la salubrité, et néanmoins vous vous apercevez que les maladies chroniques, celles qui ne frappent pas seulement l'individu, mais qui restent dans les familles, comme partie essentielle de l'héritage ; vous vous apercevez, dis-je, qu'elles ont une part bien large dans le registre de votre Comité.

C'est ainsi que la diathèse strumeuse compte pour plus d'un quart dans les maladies que vous avez observées. Elle s'est offerte à vous sous toutes les formes, à tous les degrés; depuis le simple engorgement ganglionnaire jusqu'à la déformation des os, et à la destruction des organes les plus essentiels. Vous l'avez vue tantôt produire ces hypertrophies du système osseux , qui donnent des formes si bizarres aux divers appendices du squelette ; tantôt, désarticuler les membres et rompre ainsi l'harmonie des mouvements du corps ; d'autres fois, déchirer les chairs et y produire des ulcérations, d'où se répandent avec tant de préjudice des sucs qui échappent à la nutrition ; ici, creuser des trajets fistuleux au sein même des parties les plus dures ; chez quelques-uns, développer au milieu du corps des vertèbres ces tubercules volumineux, qui, en comprimant la moëlle épinière, frappent de jeunes sujets de paralysie, et, en voûtant leurs corps, leur donnent l'aspect de la décrépitude. Enfin, vous avez vu cette diathèse produire sur l'œil des panicules charnus, des ulcérations et des épaississements de la cornée transparente ; obstacles indestructibles qui condamnent de malheureux enfants à une cécité trop souvent incurable.

Vous avez employé contre la maladie scrofuleuse des méthodes de traitement aussi variées que les aspects sous lesquels elle se présentait. Mais parmi les remèdes généraux que vous avez dû prescrire, nul ne semble mieux que l'iode, soutenir la réputation que des praticiens habiles lui ont faite, depuis les recherches importantes de Coindet de Genève. Cependant, gardons-nous bien de nous abuser sur les effets de tel ou tel médicament ; il faut, dans le traitement des affections strumeuses, des conditions hygiéniques que ne peuvent pas remplir la plupart des malades. Sans embrasser d'une manière absolue l'opinion de ceux qui regardent la viciation de l'air comme la seule cause de la maladie scrofuleuse, il faut reconnaître que c'est là peut-être le plus grand obstacle que l'on rencontre à sa guérison. Ainsi que nous le disions plus haut, les malades sont constamment soumis, dans les villes populeuses surtout, à l'influence de tout ce qui peut affaiblir l'organisme. C'est pourquoi, trop souvent la médecine a fait tout ce qui était en son pouvoir, en suspendant la marche de cette cruelle affection.

Parmi les maladies de poitrine que vous avez étudiées, Messieurs, je placerai en première ligne la phthisie pulmonaire. Elle mérite cette distinction, autant par sa fréquence que par les nombreux points d'analogie qu'elle a avec les maladies causées par la diathèse scrofuleuse. Chez la plupart des malades, elle avait débuté par l'hémoptysie ; vous en avez vu qui en étaient encore à ce premier accident, quoique vous eussiez de fortes raisons de soupçonner des tubercules à l'état de crudité. Vous avez conseillé à ces malades des émissions sanguines, le régime lacté, des cautères sous les clavicules. Ils ont retiré, en général, de bons effets de ce traitement, et quelques-uns reprenant de l'embonpoint, ne toussant plus, ont paru avoir conjuré l'orage qui les menaçait. Chez ceux dont la maladie était à un degré plus avancé, et qui portaient le cachet de la diathèse strumeuse, vous avez prescrit des remèdes dits anti-scrofuleux : vous ne vous êtes pas aperçu que ces remèdes aient ajouté aux progrès de la désorganisation pulmonaire.

Deux phthisiques vous ont déclaré qu'ils avaient une fistule à l'anus avant d'avoir éprouvé aucun accident du côté de la poitrine. Leur récit semblait confirmer que c'était depuis la cicatrisation de ces trajets fistuleux que les premiers symptômes de la phthisie pulmonaire s'étaient manifestés. Nous avons soin d'enregis-

trer ces faits, parce que l'opinion des anciens sur ce
sujet a rencontré dans ces derniers temps un contra-
dicteur en M. Andral. Le talent et la haute probité
scientifique de ce professeur, entraîneraient sans doute
nos convictions, s'il ne s'agissait de l'un des points les
plus importants de la médecine pratique. Mais ce n'est
pas sur l'autorité d'un nom quelque recommandable
qu'il soit, qu'il serait sage de repousser un aphorisme,
dont la vérité semblait jusqu'ici avoir été démontrée
par les plus habiles observateurs.

En opposition des deux faits dont nous venons de
parler, nous en citerons un troisième ; il en est en quelque sorte la contre-épreuve : un individu, atteint de
pneumonie, a réclamé votre avis pour une fistule à
l'anus. Il vous a assuré qu'elle s'était établie depuis la
phlegmasie pulmonaire ; il vous a dit aussi que la diminution des accidents de la poitrine, coïncidait avec
l'apparition de ce trajet fistuleux. Vous avez considéré
ce dernier comme un mouvement métastatique des
plus favorables : c'est pourquoi vous avez répondu au
malade qu'il fallait ne rien faire pour tarir un exutoire que la nature avait ouvert, et duquel dépendait
probablement son salut.

Vous avez été consultés pour un assez bon nombre
de bronchites et de catarrhes pulmonaires. Malgré la
période avancée où se trouvaient la plupart de ces maladies, vous n'avez pas hésité de les attaquer plusieurs
fois par les saignées du bras et les applications de sangsues au siége. Après avoir ainsi enlevé au poumon l'un
de ses excitants les plus directs, vous avez employé les

révulsifs cutanés, les sédatifs, parmi lesquels vous avez
souvent choisi la digitale pourprée ; enfin vous avez
complété le traitement par l'usage journalier des aloë-
tiques, du mercure doux, etc., etc.

Les maladies de l'appareil circulatoire vous ont
fourni l'occasion de faire plusieurs remarques importantes sur leur mode de développement et sur la marche rapide qu'elles affectent dans certains cas. Ainsi,
vous avez rencontré plusieurs hypertrophies du cœur,
déjà fort avancées, qui ne dataient que de l'époque de
la grippe. Il était difficile de ne pas croire aux asser-
tions des malades qui leur reconnaissaient eux-mêmes cette origine. L'arrêt de la circulation qui survenait pendant les quintes de toux et qui faisait craindre quelquefois l'apoplexie pulmonaire, explique assez les efforts que le cœur devait faire pour vaincre la
résistance que le sang éprouvait pour traverser le poumon. On conçoit dès-lors le mécanisme de la dilata-
tion des cavités du cœur et celui de l'épaississement de
ses parois.

Une femme, âgée? avait un anévrisme de l'artère
aorte. Cette tumeur était d'un volume énorme ; elle
avait usé les côtes et le sternum , et formait sur le
côté gauche de la poitrine une voussure de plus de
deux pouces d'élévation. Cependant, ce développement
extraordinaire n'avait mis que quelques mois à s'opérer.

Un anévrisme que l'on rencontre bien plus rarement
que celui de la portion supérieure de l'aorte, c'est l'a-
névrisme du tronc cœliaque. Vous en avez vu deux

cas ; tous deux sur des hommes qui vous ont avoué s'abandonner aux emportements les plus violents de la colère. Les passions violentes qui rete tissent toutes à l'épigastre, opéraient-elles dans les vaisseaux de cette région, ce que produisent dans le cœur toutes les causes qui gênent la circulation ou qui la suspendent momentanément ?

Vous avez vu deux fois la cyanose, cette maladie dont le nom n'exprime qu'un effet commun à diverses lésions organiques du cœur, des gros vaisseaux, etc., etc. L'un de ces faits vous était offert par un jeune enfant que vous connaissiez depuis plusieurs années. Vous avez constaté que son état s'est amélioré, et entre autres signes d'amélioration, vous avez noté la diminution de la couleur bleue sur diverses parties où vous l'aviez vue autrefois très-prononcée Vous avez pensé que ce signe semble prouver que la cyan ᷒ est due chez cet enfant à la non-occlusion du trou botal. Il n'y a peut-être pas d'autre disposition organique qui permet le mélange des deux sangs, qui soit susceptible de s'effacer.

L'autre cas de cyanose dont nous avons à parler, existait chez un jeune cordonnier. La cyanose reconnaissait peut-être pour cause, la même disposition organique que chez l'enfant. Mais l'on conçoit que la position que le cordonnier prend, et les efforts qu'il fait pendant son travail, doivent accumuler le sang dans le cœur, et le forcent à s'échapper par toutes les issues. C'était là, selon vous, le plus grand obstacle à la guérison de ce jeune homme, ou , du moins, c'était une cause puissante de l'aggravation des accidents. Aussi, avez-vous mis pour condition expresse, qu'il changerait de profession. Mais en présence de maladies aussi graves de l'appareil circulatoire, pouviez-vous espérer, Messieurs, de trouver des remèdes efficaces? Vous ne vous êtes pas abusés; vous saviez que la plupart étaient au-dessus de la puissance de votre art.

En étudiant les maladies du système nerveux, vous avez vérifié plusieurs fois que les maladies qui creusent le plus profondément nos organes, ne sont pas les plus douloureuses. La simple irritation de la pulpe nerveuse qui s'est traduite sous vos yeux par les phénomènes si variés et souvent si bizarres de l'hystéricie, de l'hypocondrie, etc. ; cette simple irritation, vous l'avez vue dans plusieurs cas remarquables, changer le moral, user les forces par la douleur, et menacer même l'existence par le dépérissement de toutes les fonctions. Cependant les maladies nerveuses sont celles qu'on plaint le moins; on croit trop souvent que les malades exagèrent leurs maux.

Il est une névrose néanmoins qui, par ses caractères si opiniâtres, le spectacle si triste qu'elle donne pendant ses attaques, a toujours excité la pitié des hommes. Vous avez compris, Messieurs, qu'il s'agit de l'épilepsie; vous en avez observé plusieurs cas ; vous l'avez vue même dans l'une des circonstances où elle offre le plus de chances de guérison. Elle était sympathiquement produite par la présence d'un ténia dans le tube intestinal. L'expulsion de ce ver, provoquée par la décoction de l'écorce de racine de grenadier, a été suivie d'un amendement notable dans les accidents, et les attaques se sont éloignées de plus en plus. Le malade est rendu depuis plusieurs mois aux occupations de son état, et tout porte à croire que le temps confirmera sa guérison.

Vous avez vu la pulpe nerveuse altérée plus profondément qu'elle ne l'est par la simple irritation. Vous l'avez rencontrée endurcie , par l'inflammation; dans un degré plus avancé, elle était réduite à la disgréga- tion de ses molécules, disgrégation qui a reçu le nom de ramollissement. Telles étaient les lésions que vous ont offertes certains malades qui avaient dans le cerveau d'anciens foyers apoplectiques; et plusieurs, qui, après avoir enduré pendant longtemps des douleurs qu'ils avaient crues rhumatismales, avaient fini par être atteints d'une véritable myélite.

Enfin, Messieurs, vous avez eu à vous occuper plusieurs fois de maladies cancéreuses ou de celles qui menaçaient de le devenir. Pour les premières contre lesquelles on avait déjà employé les remèdes les plus doux comme les plus actifs, vous avez conseillé, selon le précepte d'Hippocrate, le fer et la cautérisation. C'est là, la dernière ressource, heureux encore quand le temps ne vient pas donner la triste certitude qu'elle a été impuissante !

Vous avez eu rarement, il est vrai, le bonheur de prévenir une dégénérescence qui paraissait mena- çante. Ainsi, dés ulcérations du col de l'utérus, qui s'accompagnaient de l'hypertrophie de cette partie et de métrorrhagie, ont été guéries par les antiphlogistiqués locaux et généraux, par les extraits de ciguë, d'aconit, etc. D'autres ulcérations analogues qui semblaient se lier à d'anciennes affections vénériennes, ont suspendu leur marche, et même elles ont tourné vers la guérison, par l'usage à l'intérieur de diverses préparations mercurielles, en même temps qu'on faisait des onctions et des frictions avec l'onguent napolitain, sur le col de la matrice, aux aînes, et à la partie supérieure des cuisses.

Travaux des membres résidants.

Le zèle de chacun des membres de la compagnie n'a pas manqué, pour les nombreux travaux dont elle s'est occupée cette année. Conférences, rapports, commissions, tout a été rempli avec exactitude. Jamais vos séances hebdomadaires n'ont offert d'entretiens plus intéressants; jamais, aussi, vous ne vous êtes occupés de discussions plus utiles pour la pratique. Enfin, Messieurs, grace à la bonne volonté que chacun a apportée dans l'accomplissement de ses devoirs envers la Société, le journal qu'elle publie s'est trouvé, plus que jamais, riche de matériaux, et vous avez vu, avec quelque satisfaction, sans doute, que c'est l'un des recueils auxquels les journaux de Paris ont fait le plus d'emprunts.

Je devrais parler, d'abord, des faits de pratique médicale et chirurgicale, qui ont été rapportés pendant vos séances. Ce serait, j'en suis certain, la partie la plus intéressante de cette Notice; mais ils lui donne-.

4

raient une étendue que le temps ne me permet pas de
leur consacrer. D'ailleurs, comme ils ont déjà été publiés dans le journal de la compagnie, je tomberais
dans une répétition qui serait pour le moins sans utilité.

Je n'en dirai pas de même des conférences, qui ont
été faites cette année par MM. Pereyra, Arthaud, Léon
Marchant, Magonty, Chandru, Bermond, Chansarel,
Gintrac et Barnetche. Quoique plusieurs d'entre elles
aient déjà reçu les honneurs de la publication, ce sont
des pièces trop précieuses pour nos archives, pour que
je puisse me dispenser de les indiquer et de leur consacrer une courte analyse.

— Le battement de l'artère, le pouls proprement dit,
a été toujours considéré comme l'un des éléments essentiels du diagnostic. Tous les pathologistes s'en sont
occupés   les écrits des anciens, les traités particuliers
de quelques modernes, en font foi. Cependant, M.
Pereyra pense que cette étude est trop négligée de nos
jours; il croit aussi qu'elle est susceptible de nouveaux
progrès. Il nous a exposé, sur ce sujet, les résultats de
ses réflexions et de son expérience. Il ne néglige aucun
des caractères que l'on a attribués au pouls, mais il
s'est attaché à étudier celui que Fouquet a indiqué. Il
pense, avec ce médecin célèbre, que le battement de l'artère, sous la main qui l'explore plus haut ou plus bas,
est un indice qui peut servir à découvrir le siège de
l'affection sur laquelle le médecin est appelé à donner
un diagnostic. (C'est ainsi que l'on peut formuler en

une seule proposition celles que M. Pereyra a présentées.)

— La qualité des eaux potables a constamment préoccupé ceux qui se chargent de veiller aux besoins des peuples. L'on sait combien Hippocrate recommandait au médecin d'acquérir une connaissance parfaite des eaux, pour remonter à la connaissance des maladies dans les pays qu'il devait habiter. A ce sujet, et pour s'occuper d'une question à laquelle nos concitoyens apportent aujourd'hui une si vive attention, M. Arthaud vous a présenté son opinion sur la valeur que l'on doit donner à la qualification d'*eau potable*. Il a résumé ainsi les points de la discussion qu'il a voulu établir :

1º Les eaux les plus pures qui coulent à la surface de la terre ne sont pas les meilleures, comme eaux potables. Celles qui contiennent une certaine quantité de sels calcaires et autres, leur sont préférables.

2º De tous les sels contenus dans les eaux qui servent à la boisson de l'homme et des animaux, le sulfate calcaire seul peut résister à l'action digestive, et irriter les intestins à la manière des substances indigestes. C'est donc dans les diverses quantités de ce sel, que l'on doit chercher le degré d'infériorité relative des eaux potables.

3º S'il était possible d'isoler, par l'expérience, comme on peut le faire par la pensée, l'action des divers agents hygiéniques sur la population des grandes cités, il est presque certain que les eaux potables, chargées de sels calcaires et autres (sauf le sulfate de chaux), devraient être préférées aux eaux potables très-voisines de l'eau distillée par leur pureté.

— L'action des eaux minéro-thermales a été souvent un sujet de controverse. La science y a toujours gagné quelque chose, si les cures n'en sont pas devenues plus nombreuses. M. Léon Marchant, qui a étudié sur les lieux mêmes les effets de ces eaux, a développé devant vous son opinion à cet égard, et il a conclu :

1° Que l'action thérapeutique des eaux minéro-thermales met en évidence des erreurs de jugement à l'égard de la cause et du diagnostic, entre des maladies chroniques, en apparence semblables ; et cette action sert ainsi de base rationnelle aux indications et aux contre-indications;

2° Que l'excitation est l'effet immédiat de l'emploi des eaux minérales, et que cette excitation n'est médicatrice qu'à condition d'être révulsive;

3° Que les faits et l'induction, démontrent qu'il n'y a de maladies chroniques curables par ce moyen, que celles qui reconnaissent, pour cause essentielle, des phénomènes métastatiques, que ces phénomènes soient ou pathologiques, ou physiologiques ; d'une part, la suppression d'éruptions cutanées ou d'un exutoire ; de l'autre, la suppression d'un flux sanguin normal, ou de la transpiration. Les maladies chroniques irrémédiables par les eaux minérales à haute température, sont sous la dépendance des causes excitantes, qui donnent lieu à l'inflammation lentement et graduellement désorganisatrice.

— Un air impur est si dangereux pour les hommes, qu'on a cherché de tout temps les moyens les plus propres à détruire les gaz et les miasmes qui peuvent altérer notre atmosphère. M. Magonty fils ne pense pas que ceux que l'on a préconisés jusqu'ici, soient les plus efficaces ; il a soutenu cette opinion en concluant :

1º Que les fumigations doivent être repoussées comme nuisibles ou au moins inutiles ;

2º Que l'assainissement de l'air atmosphérique peut s'opérer par la ventilation mécanique ou par la ventilation par le feu ;

3º Que l'acide sulfurique et le chlore sont propres à détruire les miasmes organiques; la chaux, l'ammoniaque, servent pour saturer l'acide carbonique ;

4º Que le chlore devra être prescrit d'après le procédé de M. Mialles ;

5º Que les moyens chimiques n'excluent pas la ventilation.

— M. Chandru vous a entretenu des dangers de l'hémorragie utérine, pendant la grossesse. Il a expliqué son mécanisme dans les différents cas, ses résultats si funestes pour la mère et pour l'enfant; il a discuté la valeur des moyens qu'on lui oppose. Il a résumé la discussion dans les corollaires suivants :

1º L'hémorragie utérine qui se déclare pendant la grossesse, avant le sixième mois,. est ordinairement active ; quelquefois mécanique, due à une violence locale;

2º Il est rare que, dans les trois ou quatre derniers mois de la gestation, l'hémorrhagie soit due aux mêmes causes, au même mécanisme; elle est le résultat du gréfement du placenta sur le col;

3º Durant le travail, la même cause et quelquefois des ruptures, déterminent l'hémorragie ;

4º Des causes d'un tout autre genre donnent lieu à celle qui succède à la parturition ; la plus commune est l'inertie ;

5º Jusqu'ici, la rupture du cordon, comme cause de l'hémorragie interne, est un fait incontestable;

6º Le tampon, s'il est utile durant la grossesse, est inutile et nuisible même dans la métrorrhagie par inertie;

7º La méthode de Puzos a des avantages réels, mais elle n'est pas toujours applicable.

—On ne saurait nier que les travaux de plusieurs chirurgiens célèbres n'aient beaucoup ajouté depuis vingt ans, à la connaissance des maladies des voies urinaires. Cependant, il en est pour ce point de la médecine comme de la science en général, au fur et à mesure que l'on avance, l'horison s'étend; il survient de nouveaux faits qui forcent de créer de nouvelles méthodes, ou de modifier celles qui existent. C'est précisément ce que M.

Auguste Bermond, notre collègue, a entrevu pour les strictures du canal de l'urètre. Il a rapporté plusieurs faits pour prouver les avantages de ce qu'il appelle la division concentrique du canal; après avoir discuté la valeur de ces faits, il a posé les questions suivantes, dont la solution est devenue le sujet même de la conférence que M. Bermond avait acceptée :

Première question. — Quels sont les cas où la division concentrique peut être employée avec le plus grand bénéfice?

Deuxième question. — Mode d'action de la division concentrique.

Troisième question. — Précautions à prendre après la division concentrique.

Quatrième question. — Avantages plus positifs de la division concentrique sur la scarification qui a, en apparence, beaucoup d'analogie avec elle.

Cinquième question. — La division concentrique peut-elle être employée indistinctement dans toute la longueur du canal?

Sixième question. — Comment parviendra-t-on à reconnaître l'étendue du rétrécissement dans les cas où le cathétérisme ne peut être employé ?

Septième question. — La division concentrique peut-elle trouver son application dans les cas de plusieurs rétrécissements?

Huitième question. — Doit-on avoir immédiatement recours à la division concentrique dans tout rétrécissement, quelles que soient sa nature et sa cause?

— Nulle part, peut-être, les champignons ne sont plus communs que dans nos contrées; nulle part aussi on ne les mange avec plus de confiance, nous dirions presque d'audace. Cependant, trop souvent à côté des espèces les moins malfaisantes, on rencontre les espèces les plus vénéneuses. Le contre-poison de ce mets fallacieux n'est pas encore connu, et, jusqu'ici il a échappé à toutes les recherches. M. Chansarel fils s'est livré avec un zèle bien louable à cette œuvre que tant d'autres ont tentée en vain : c'est le résultat de ses travaux sur ce sujet si intéressant, qu'il a résumé dans les propositions suivantes :

1º Les champignons comestibles sont très-indigestes, et peuvent, dans certaines circonstances, devenir vénéneux ;

2º S'il existe des caractères généraux bien tranchés entre les champignons comestibles et les vénéneux, il en est aussi quelques-uns qui sont communs aux uns et aux autres, et qui jettent dans l'incertitude ou dans le piége celui qui n'est pas très-exercé à les distinguer;

3º De toutes les parties que l'analyse fait connaître dans la composition des champignons, la gélatine en est le principe actif ou toxique   la gélatine que contiennent les champignons comestibles n'est pas délétère;

4º L'action des champignons vénéneux, sur l'éco-
nomie animale, varie suivant chaque espèce. Le suc
de ces champignons, pris isolément, agit avec plus ou
moins de violence et de promptitude que les champignons eux- mêmes ;

5º L'action des réactifs sur les champignons vénéneux
et sur les champignons comestibles, est à peu près
identique ;

6º Le traitement varie d'après les circonstances plus
ou moins heureuses, ou le médecin se trouve placé ;

7º On doit rejeter, comme antidotes, le vinaigre, le
citron, où tout autre acide, le sel commun, l'éther sulfurique, les éméto-cathartiques ;

8º On ne doit ordonner, comme contre-poisons, que
les substances qui contiennent du tanin, savoir la
noix de galle d'alep, les quinquinas calyssaya ou rouge
(rejeter les quinquinas à base gélatineuse, comme
n'ayant aucune action sur le principe délétère des
champignons, que nous avons dit être la gélatine); l'é-
corce de pin, enfin le tanin proprement dit, retiré de
la noix de galle ;

9º Des cinq antidotes, celui auquel nous donnons la
préférence sous plusieurs rapports, est le tanin.

—La dyssenterie est sans doute l'une des maladies les
mieux connues, et l'une de celles que l'on traite le plus
souvent avec succès. Cependant, il est certaines nuances de l'inflammation du gros intestin qui n'ont pas

été aussi bien étudiées, parce qu'elles sont plus rares. Elles méritent néanmoins d'attirer l'attention des médecins, autant par la nature et la gravité des accidents qui les accompagnent que par la difficulté de les traiter. L'une de ces nuances s'est présentée plusieurs fois à M. Gintrac; c'est devant vous, Messieurs, qu'il a voulu développer ce que l'observation lui a appris, et qu'il a résumé dans les termes suivants

1o Il est une variété de dyssenterie que l'on peut nommer folliculeuse, ou dothinenterie, à cause du mode de lésion de la muqueuse des gros intestins qui la caractérise ;

2o Je l'ai vue surtout en été. Elle a attaqué les deux sexes, et n'a épargné aucun âge ;

3o Elle n'est point contagieuse ;

4o Sa marche a été celle d'une maladie aiguë. Elle n'a pas présenté l'appareil inflammatoire qui se montre, soit quand il y a péritonite, soit lorsque la phlegmasie intestinale est plus vive, plus franche, ou plus étendue.

5o Elle n'a point revêtu le caractère ataxique, adynamique ou typhoïde, qui donne le plus souvent à l'inflammation des follicules de Peyer un cachet spécial ; ·

6o Elle ne semble pas au premier aspect redoutable ; mais elle est le plus souvent mortelle ;

7º Elle résiste aux émissions sanguines et au traitement antiphlogistique ;

8º L'extrait gommeux d'opium, uni à l'acétate de plomb, a paru le médicament le plus propre à la combattre avec succès.

— Enfin, Messieurs, notre collègue, M. Barnetche, vous a lu l'observation fort curieuse d'un homme distingué, atteint de dysphagie. C'est le diagnostic qu'il avait porté, que notre collègue a pris pour texte de sa conférence. La discussion, qui s'en est suivie, a donné lieu aux réflexions pratiques les plus saines, et à des communications pleines d'intérêt.

— M. le docteur Révolat père poursuit toujours avec le même zèle, l'étude des constitutions atmosphériques. Comme les années antérieures, il a fait hommage à la compagnie, indépendamment de ses tableaux mensuels, de deux tableaux où figurent, d'une part les observations météorologiques, et de l'autre les maladies régnantes. La compagnie doit se féliciter de trouver tant d'ardeur et tant d'amour pour la science, dans l'un de ses membres les plus anciens. Elle ne saurait offrir un plus bel exemple aux médecins qui veulent partager ses travaux.

— Vous avez accordé le titre de membres titulaires à Messieurs les docteurs Lemarchant et Bernet.

— M. le docteur Faure, professeur à l'hôpital militaire d'instruction à Strasbourg, a siégé dans cette enceinte pendant plusieurs années, comme membre titulaire. Les souvenirs honorables qu'il a laissés parmi vous et la réputation qu'il s'est acquise par plusieurs ouvrages estimés, vous ont fait desirer, Messieurs, de resserrer les liens de confraternité avec cet ancien collègue, et de lui donner une preuve de votre haute estime. C'est dans cette double intention que vous lui avez conféré le titre de membre associé non-résidant.

— Vous avez accordé les honneurs de la séance à MM. les docteurs Dupuy fils, Hameau, Pembrùn, et M. le professeur Capuron.

Relations avec les Sociétés savantes et les membres correspondants.

Vous voyez avec satisfaction les liens qui vous unissent depuis si longtemps aux Sociétés de médecine de Lyon, Marseille, Toulouse, Nantes, Rennes, Angers, Dijon, Amiens, Gand, se resserrer de plus en plus. Elles continuent les unes et les autres à vous envoyer les notices de leurs travaux. Elles ne négligent non plus aucune occasion de vous prouver le prix qu'elles attachent à des relations qui remontent pour la plupart à la fondation de notre compagnie.

OUVRAGES REÇUS PAR LA SOCIÉTÉ.

1° *Ouvrages manuscrits.*

1° *Observation d'une tumeur de l'ovaire;* par M. Moreau. Rapporteurs, MM Gintrac, Bonnet et Barnetche.

2º *Observation de deux rétrécissements squirrheux du colon gauche;* par M. Lalanne, membre correspondant. Rapporteur, M. Arthaud.

3º *Observation d'un diabètes sucré;* par M. Gué. Rapporteur, M. Bermond.

4º *Observations de fièvres adéno-méningées;* par M. Lamothe. (Lues en séance.)

5º 1er *Mémoire sur les luxations du fémur, en haut et en dehors;* par M. Joffre, membre correspondant. Rapporteur, M. Dubreuilh.

6º 2me *Mémoire sur le même sujet;* par le même. Rapporteurs, MM. Brulatour, Pouget et Faget.

7º *Observation d'un coup de feu au crâne;* par M. Bax, membre correspondant. Rapporteur, M. Gintrac.

8º *Observation d'une asphyxie par submersion;* par le même. (Lue en séance.)

9º *Observation de rage, communiquée par la morsure d'un chien enragé;* par M. Lanelongue, membre correspondant. Rapporteur, M. Dégranges.

10º *Note sur une épidémie qui a régné dans le département des Landes en* 1838; par M. Lespès. (Lue en séance.)

11º *Note sur le même sujet;* par M. Serres. Rapporteur, M. Barnetche.

12º *Mémoire sur l'utilité des bains de mer;* par M.

Lalesque fils, membre correspondant. Rapporteur, M. Dégranges.

13º *Observation d'un arrêt dans le développement du produit de la conception;* par M. Lefèvre, membre correspondant. Rapporteur, M. Burguet.

14º *Compte-rendu de la clinique chirurgicale de l'Hôtel-Dieu de Bordeaux;* par M. Bermond, chef interne. (Lu en séance.)

15º *Observations de plusieurs fascicules de médecine pratique;* par M. Mazade, membre correspondant. Rapporteurs, MM. Soulé, Bourges, Marchant et Dégranges.

16º *Deux observations, l'une d'un cas d'empyème, l'autre de placentite;* par M. Putégnat, membre correspondant. Rapporteurs, MM Costes, Venot et Petit.

17º *Deux mémoires sur une épidémie qui a régné à Libourne en* 1838; par M. Moyne, membre correspondant. Rapporteurs, MM. Pereyra et Révolat fils.

2º *Ouvrages imprimés.*

1º Actes de la Société Linnéenne de Bordeaux, tomes 8 et 9. Aux archives.

2º Rapport général des travaux du conseil de salubrité du département de la Gironde; par M. Léon Marchant. Aux archives.

3º Rapport sur une question de responsabilité médicale, fait à la Société de médecine de Lyon. Rapporteur, M. Pereyra.

4o Traité de médecine légale théorique et pratique; par M. Alphonse Devergie, membre correspondant. Rapporteurs, MM. Révolat père, Costes et Faget.

5o Considérations sur les causes et la nature des fièvres intermittentes; par Gouzée, membre correspondant. Rapporteur, M. Bonnet.

6o Du mode de propagation des maladies réputées contagieuses et des moyens préservatifs qu'elles réclament; par M. A. Bonnet, membre résidant. (Aux archives.)

7o Réflexions générales sur les constitutions médicales; par M. Haime. Rapporteur, M. Bourges.

8o Notice sur la médecine homœopathique; par M. Borret. Rapporteurs, MM. Gergerès, Chansarel et Rey.

9o Visite dans quelques prisons de France; par M. Picot. Rapporteur, M. Venot.

10o Études historiques et critiques sur la vie et les ouvrages d'Hippocrate; par M. Houdart. Rapporteurs, MM. Révolat père, Bourges et Pouget.

11o Discours prononcé à l'ouverture d'un cours de maladies des femmes; par M. Chrestien, membre correspondant. Rapporteur, M. Venot.

12o Résumé du compte-rendu de la clinique ophtalmologique de l'Hôtel-Dieu et de l'hôpital de la Pitié ; par M. Caffe. Rapporteurs, MM. Dubreuilh, Chaumet et Barnetche.

13º Réfutation de la doctrine de l'inévitabilité et de l'incurabilité du cancer ; par M. Duparcque, membre correspondant. Rapporteur, M. Fasilcau.

14º Discours prononcé à l'Ecole de médecine de Toulouse ; par M. Ducasse fils. Rapporteur, M. Arthaud.

15º Recueil des travaux de l'Académie des sciences, belles-lettres et arts de Bordeaux ; par M. Bourges, membre résidant. Aux archives.

16º Programme de la 6e session des congrès scientifiques en France, à Clermont, par M. Lecoq. Aux archives.

17º Annales de la Société des sciences médicales et naturelles de Bruxelles, 1837. Rapporteur M. Dégranges.

18º Notice nécrologique sur M. C. A. Barrey, membre correspondant ; par M. Bourgon. Rapporteur, M. de Saincric.

18º Réflexions critiques sur l'éducation et l'enseignement médical ; par M. Tanchou, membre correspondant. Rapporteur, M. Barnetche.

20º Rapport sur l'établissement des facultés d'enseignement supérieur, proposé par la ville de Bordeaux ; par M. Rabanis. Aux archives.

21o Traité des fièvres intermittentes et continues ; par M. Faure, membre associé non-résidant. Rapporteur, M. Soulé.

22o Du traitement des fractures par le bandage amidoné ; par M. Seutin. Aux archives.

23o Programme des prix proposés par la Société des sciences et belles-lettres de Blois, pour l'année 1838. Aux archives.

24o Discours sur la chimie ; par M. Camille Leroy. Rapporteur, M. A. Bermond.

25o Actes de la Société Linnéenne de Bordeaux, tome 10. Aux archives.

26o Des hémorrhagies utérines qui peuvent suivre l'accouchement à terme, thèse inaugurale ; par M. Pater. Aux archives.

27o Statistique de la France ; par M. Moreau de Jonès, membre correspondant. Aux archives.

28o Considérations sur l'hôpital des aliénés de Bordeaux ; par M. Révolat père, membre honoraire. Aux archives.

29o Pensées médicales ; par M. Lacoste, membre correspondant. Rapporteur, M. Lemarchand.

30o Recherches sur la thérapeutique, deuxième par-

tie (en allemand); par M. Rœsch, membre correspondant. Rapporteur, M. Bourges.

31º Des eaux minérales de Casteljaloux. Rapporteur, M. Fauré.

32º Appréciation de la doctrine phrénologique; par
M. Jules Lafargue, membre correspondant. Rapporteur, M. Costes.

33º Des localisations des facultés intellectuelles ,
thèse inaugurale; par le même. Aux archives.

34º Compte-rendu des travaux de la Société de médecine de Toulouse ; par M. Ducasse fils. Rapporteur,
M. Costes.

35º Rapport sur l'établissement orthopédique, dirigé
par M. Pravaz, à la Société de médecine de Lyon.
Rapporteur, M. Léon Marchant.

36º Compte-rendu de clinique médicale à l'Hôtel-
Dieu de Lyon; par M. Levrat aîné, membre correspondant. Rapporteur, M. Arthaud.

37º Compte-rendu de la clinique chirurgicale à
l'Hôtel-Dieu de Montpellier; par M. le professeur Serre,
membre correspondant. Rapporteur, M. Dubreuilh.

38º Mémoire sur l'action des plantes contenant du
tanin; par M. Toulmouche, membre correspondant.
Rapporteur, M. Gintrac.

39º Etudes sur la choladrée (2e fascicule); par M.
Bailly. Rapporteur, M. Gintrac.

40° Rapport sur l'épidémie de grippe qui a régné à Strasbourg pendant les mois de janvier, février et mars 1837 ; par M. Lereboulet. Rapporteur, M. Jobit.

41° Observations critiques sur les expériences proposées par M. Bulard ; par M. Chervin, membre associé non-résidant. Rapporteur, M. Fasileau.

42° Nouveau traitement spécial et abortif de l'inflammation ; par M. Serre, d'Allais. Rapporteur, M. Pouget.

43° Discours prononcé devant la Société de médecine de Tours ; par M. Haime. Rapporteur, M. Léon Marchant.

44° Considérations pratiques sur le seigle ergoté ; par M. Duparcque, membre correspondant. Rapporteur, M. de Saincric.

45° *Elementa physiologiæ specialis corporis humani ;* par M. Sébastian. Rapporteur, M. Gintrac.

46° *Observatio pathologica. De renibus succenturiatis accessoriis ;* par le même. Rapporteur, M. Pujos.

47° *Origine, incremento, et exitu phthisiæ pulmonum, observationes anatomicæ ;* par le même. Rapporteur, M. Soulé.

48° Note sur une opération de rhinoplastie ; par M. Gaillard. Rapporteur, M. Arthaud.

49° Clinique des maladies syphilitiques ; par M. Devergie aîné, membre correspondant. Rapporteur, M. Venot.

50° Thèse inaugurale; par M. Faure, de Maurice. Aux archives.

51° Lettre circulaire de la Société de médecine d'Angers sur l'enseignement médical. Lue en séance.

52° Traité des affections calculeuses; par M. Civiale, membre correspondant. Rapporteur, M. Brulatour.

53° Distribution des prix aux sourds-muets de la ville de Nancy; par M. Priou. Aux archives.

54° Thèse pour le concours de la chaire de médecine légale, ouvert à la Faculté de médecine de Strasbourg; par M. Trinquier, membre correspondant. Aux archives.

55° Histoire d'une héméralopie héréditaire; par M. Cunier, membre correspondant. Rapporteur, M.

56° Dictionnaire abrégé de thérapeutique; par M. Szerlecki. Rapporteur, M. Fasileau.

57° De l'influence que la médecine a exercée sur la civilisation et sur les progrès des sciences; par M. Gautier. Rapporteurs, MM. Bonnet, Chansarel et Bouché de Vitray.

58° Histoire de la médecine vétérinaire dans l'antiquité: par le même. Rapporteurs, les mêmes.

59º Rapport sur le choléra qui a régné à Lyon ; par le même. Rapporteurs, les mêmes.

60º Gazette médicale.

61º. Gazette des hôpitaux.

62º Journal de médecine et de chirurgie pratique.

63º Journal de pharmacie du midi.

64º Journal de la section de médecine de la Loire-Inférieure.

65 Journal des connaissances médico-chirurgicales.

66º La phrénologie.

67º Revue médicale.

68º Annales de la Société de médecine de Gand.

69º Bulletin de la même Société.

70º Recueil de la Société de médecine du département d'Indre-et-Loire.

71º Bulletin de la Société anatomique.

72º La Peste.

73º Le Journal de la Société de médecine de Calcutta.

74º Bulletin du cercle médical de Montpellier.

75º Bulletin de la Société médico-chirurgicale de Montpellier.

76º Archives médicales de Strasbourg.

77º Annales d'oculistique et de cynécologie.

— Vous avez admis parmi vos membres correspondants, MM. Delmas Débia, médecin à Montauban ; Mazade, médecin à Anduze; Putégnat, médecin à Lunéville ; Alphonse Devergie, médecin à Paris ; Joffre, médecin à Villeneuve de Berg ; Henry Lagarde, médecin à Confolens.

Relations avec les magistrats.

Elles ont été moins fréquentes cette année qu'elles ne le sont ordinairement. De son côté, la Société a eu peu à réclamer pour la salubrité publique ; la vigilance de nos magistrats l'en a dispensée. La compagnie ose se flatter qu'elle n'a pas démérité de la bienveillance de l'administration ; elle pense que si leurs rapports ont été rares, cela n'a tenu qu'à l'absence des motifs qui auraient réclamé la participation de la compagnie.

Nécrologie.

La compagnie se félicite que la mort n'ait effacé cette année aucun nom parmi ceux de ses membres résidants. Il n'en est pas de même parmi ses correspondants. Elle a perdu MM. les docteurs Alibert, Barrey, de Besançon, et Moreau, de Blaye.

L'illustre auteur du Traité des dermatoses , appartenait en quelque sorte à notre cité. Il avait professé au collége de Guienne. Quand la corporation religieuse, dont il suivait la règle, subit le sort de toutes les autres, M. Alibert se consacra à la médecine, et ce fut dans l'ancien collége de chirurgie qu'il fit le premier· pas dans cette nouvelle carrière. Il n'oublia jamais les amis qu'il avait laissés dans notre ville ; et, quand la Société se fonda, il fut l'un des premiers à ouvrir des relations avec elle; c'est pourquoi depuis plus de trente ans elle lui avait conféré le titre de membre associé non-résidant, autant pour récompenser son zèle envers elle-même, que pour honorer un talent qui promettait déjà à notre patrie l'une de ses plus grandes illustrations médicales.

— M. Barrey était un médecin de mérite qui s'était adonné d'une manière particulière à l'étude des constitutions médicales. La Société possède dans ses archives, les documents qu'il a publiés pendant quarante ans sur ce sujet.

On trouve dans tous les ouvrages que M. Barrey nous a laissés, les indices d'un esprit solide et d'une instruction très-variée.

—M. Moreau est mort fort jeune; mais il a rempli sa courte carrière autant que lui permettaient de le faire des souffrances continuelles. Depuis peu d'années vous l'aviez placé parmi vos membres correspondants. La compagnie avait pu apprécier par les diverses communications qu'il lui avait faites, ce que promettait son talent mûri par l'expérience.

Milton Keynes UK
Ingram Content Group UK Ltd.
UKHW032328221024
449917UK00004B/302

9 783385 095311